宫蔚国◎著

去远方

中国言实出版社

图书在版编目（CIP）数据

去远方 / 宫蔚国著 . -- 北京：中国言实出版社，
2022.2

ISBN 978-7-5171-4057-3

Ⅰ . ①去… Ⅱ . ①宫… Ⅲ . ①寓言诗—诗集—中国—
当代 Ⅳ . ① I227.3

中国版本图书馆 CIP 数据核字（2022）第 031184 号

去远方

总 监 制：朱艳华
责任编辑：宫媛媛
责任校对：张国旗

出版发行：中国言实出版社
　　　　　地　　址：北京市朝阳区北苑路 180 号加利大厦 5 号楼 105 室
　　　　　邮　　编：100101
　　　　　编辑部：北京市海淀区花园路 6 号院 B 座 6 层
　　　　　邮　　编：100088
　　　　　电　　话：64924853（总编室）　64924716（发行部）
　　　　　网　　址：www.zgyscbs.cn　E-mail：zgyscbs@263.net

经　　销：新华书店
印　　刷：北京温林源印刷有限公司
版　　次：2022 年 3 月第 1 版　　2022 年 3 月第 1 次印刷
规　　格：880 毫米 ×1230 毫米　1/32　7.125 印张
字　　数：80 千字

定　　价：39.80 元
书　　号：ISBN 978-7-5171-4057-3

前　言

　　人类有种爱好，喜欢看动物表演，看见动物模拟自己的行为，会十分愉悦。有人还给动物穿上衣服、挂上配件，希望在动物身上，体现更多人性的东西。如果扩至大千世界，万事万物都赋予人的意志、理念，赋予人的行为、语言，对于人类来说，该是相当奇妙。正因世界万物本为一体，有着内在的关联与共性，寓言这种文学体裁能够为人们所接受、喜爱，也就有了合理存在的基础。

　　当然，寓言不仅仅单纯有趣，它更大的价值在于自身折射的道理。这世上有许多道理，说白了，要么枯燥，要么刺耳，用艺术形式去表达，可能效果会好很多，跟吃药、做菜，放些糖、放些佐料是相似的。道理面前，不分年龄大小，所以好的寓言一定老少皆宜。有时一个道理中还牵扯着或蕴含着其他方面的道理，所以好的寓言往往是多义的。

　　寓言诗被认为是寓言的高级形式，具有建筑美、画面感，其语言凝练，节奏鲜明有力，朗朗上口，便于记诵。由于诗歌语言具有跳跃性，其在行文上也较为轻松、灵动。总之，好处多多。但市面上寓言诗非常少，大都是散文体；有少量寓言诗，作者多为古人或外国人。这样，写作诗体寓言就十分有必要，一个存有空白的地方，创作可能有它的难度，更具探索价值。

我坚持寓言诗创作的原创性，写作内容多来源于现实生活，来自于对生活的思考，所比拟之物之所以符合"物性"，能准确表达创作意图、主旨，都是因为生活的长期积淀，有很多经验都是农耕时代的，它正离我们远去，所以我特别要向带给我创作素材和精神寄托的农耕文明致敬！

现在人们都很繁忙，我尽量让我的文字简短一些、有趣一些，让每首寓言都成为好寓言。

宫蔚国

2021 年 11 月 5 日

目 录

归宿

秋天，叶子望向蓝天最后一眼
跟着风的牵引，走向大地
曾经以为，天空才是永久的归宿
所有绿色的青春，总是向着高处招手

生命不是这样，它有自己的希望
在低处，它需要获取者归还
它乐见阳光扫过不同的角度
雨水发出异样的声音
光荣与卑微沾满尘埃时，多么相似

那些美的舞蹈终将止歇，美的和声渐渐沉寂
我们曾经的欢乐者和不幸者
都停止仰望，以忏悔的心向大地致意：
伟大的接纳者，你总是以坚韧的沉默
让我们终生忽略

蚂蚁与草

蚂蚁想在一棵草下建窝
它恭维草说：
你多么高大啊
天生就是栋梁之才
草听了受用：
是啊，放眼望去，这片田野
我真是出类拔萃了
一阵微风吹来
它晃晃脑袋，似有陶醉
一阵细雨飘落
它踮起脚尖，似要独领风骚

这时，一只鸟儿路过
草豪情地邀它下来坐坐
它想，鸟儿见过世面
我要听听别样的赞美
鸟儿应邀而来
一只脚刚搭上草的肩头
草便趴倒在地
鸟儿嫌弃地飞去

草自卑地哭了：
没想到我是如此弱小
竟然禁不住鸟儿的一只脚
蚂蚁安慰它：
像鸟儿这样的庞然大物
任谁也难以挺住

乌龟献壳

乌龟生活的水域受到污染

它爬到岸上寻找归宿

朋友青蛙愿意帮它

青蛙建议龟要和虎搞好关系

龟说：我和虎没有生活的交集

如何建立友谊

青蛙出个主意

劝它将龟甲奉献给虎

龟急忙摇头：

龟甲是我身上的宝贝

失去甲，我如何保护自己

青蛙说：有了虎的保护，还怕什么天敌

于是龟忍痛将甲取下

套上三层木盒

小心进贡给虎

虎好奇地接过，层层打开

见是龟壳，生气地扔到一边

龟痛惜地哭叫：

那是我一生最珍贵的宝物啊

虎大声冷笑：

骗子，你看，它和我啃剩的骨头

有什么区别

不留后患

有个父亲，很爱孩子
小孩贪玩
父亲怕他有闪失，时时提防

小孩喜欢爬树
父亲怕他掉下，把树砍了

小孩喜欢游泳
父亲怕他淹着，把塘平了

小孩喜欢骑马
父亲怕他摔伤，把马卖了

小孩无聊透顶，天天琢磨上房揭瓦
父亲怕他惹祸，就挖个地洞
让他住在洞里

洞的旁边恰好有个鼠窝
小孩与鼠为友，学它的一举一动
他绝顶聪明，学得惟妙惟肖

他经常爬出洞来，一有风吹草动
就嗖的一声，钻进洞里

看不起

两棵树较劲生长
高树总是贬低矮它一头的兄弟：
看你先天不足的样子
就像草的基因

它怕自己嗓门不够大
就让风做扩音器
这样它的声音传出很远

周边的草听了，议论纷纷：
是啊，那棵树真没出息
同样的种子，同样的土地
它长得可真小气

议论多了，草们忽然觉得自己高大起来
于是所有草们都看不起矮树

矮树憋屈地瞪着高它一头的哥哥：
你自吹自擂倒也罢了
可是那些草们凭什么感觉良好

硬币

硬币是个哲学家
它四处讲学
宣称世界都有两面性
看，正面和反面

人们相信它的说教
是啊，多么形象啊
它自身就是最好的证明

圆柱听到了
表示质疑
它找到硬币：
你看你看
世界除了正面、反面
更多的是曲面

苹果

果农将苹果归类
一只红苹果自视甚高
见邻居有个虫眼
将它推到一边：
去去去，躲远点
你身上的气味惹人厌

它想找个好邻居
看到远处一个较新鲜
急忙凑近前
刚想拥抱
却发现这位背后
掩着一块大黑斑
它差点气馁，可心有不甘
于是找了又找，翻了又翻
怎么也寻不到满意的伙伴

这时，一个客户讨便宜
烂果堆里挑选
他恰好拿起这一只

瞧一瞧，呸了一口：

看着挺好的，谁知坏了小半边

飞蛾

蝴蝶拈花惹草
深受欢迎
即便飞到人的身上
人也会小心待它
生怕它飞跑

飞蛾见了羡慕不已
大家都是一样的虫子
何不学学它的表现
让生活充满甜蜜

于是它扇扇翅，抖抖腿
这里撩一撩，那里亲一亲
被它碰到的，都沾上粉尘

一次它也学着蝴蝶的样子
飞到人的身上卖弄风骚
它想人一定会对它无比爱惜
哪知人被吓得一声尖叫
抓起一个拍子
狠狠把它拍落在地

敏感与迟钝

树与草一起生活
它们一样的身躯，不一样的兴趣

树喜欢独立思考
草喜爱打听消息

草一遇见风就热情无比
风啊，快说说
你又听到了什么
有好消息，它便摇头晃脑
有坏消息，它便垂头丧气

草对树说
树啊，有人非议咱们
树听而不闻，充满自信
草却心神不宁，与同伴交头接耳，窃窃私语

时间长了，树在自己的世界里愈发独立
草只能匍匐在地面，难以挺起身躯

向后看

一人对自己的前世产生兴趣
想探究前世是否享有荣华富贵

他整天对着镜子端详面容
试图透过眼前的肉体
破解秘密

他又寻找神秘主义者
希望借助他们
看看前世的自己

但他终于一无所获
困惑、烦闷让他一病不起

医生给他喂药，劝他说：
寻到前世有什么意义呢
你现在碌碌无为的样子
前世又能好到哪去

苍鹰与乌鸦

百鸟大会
乌鸦在台前叫骂苍鹰阴险
苍鹰不去理睬
乌鸦便受到吹捧，说它不畏强权、为民代言
乌鸦很是受用，得意非凡

又一次百鸟联欢
乌鸦依然戏谑苍鹰，说它长着一副丑恶的
嘴脸
苍鹰愤怒向前，将乌鸦痛扁
百鸟见乌鸦可怜，对它更加推崇，为它树碑
立传
而更觉苍鹰丑恶，罪名流传世间

苍鹰闷闷生烦
我若宽容
你笑我理屈词穷、外强中干
我若发威

你又骂我毫无鸟道、生性凶残

唉，做个强鸟真难，真难

馒头

餐桌上，馒头见人们夹起臭豆腐
慢慢品味，赞不绝口

馒头心生嫉妒
于是设法让自己生霉、发臭
它很得意，心想一定会抢过豆腐的风头

可是，它没等来赞美
却被扔进垃圾桶
它委屈地哭了：
同是发霉变臭，我怎么比不上豆腐呢

烂白菜告诉它：
豆腐臭里有香
但那不是你的本性啊

倾诉

母鸡喜爱倾诉

它向鸭诉说孵化小鸡的辛苦

又诉说抚育小鸡成长不易

最悲伤的是

一次有只老鼠伤害了它的小鸡

它痛苦万分

鸭也陪着落泪，不停安慰

母鸡感受到关爱

心中不再难过

不久，母鸡遇到狗

旧话重提

狗一听，哈哈大笑：

真是新鲜，老鼠竟敢偷吃小鸡

接着它对母鸡打趣：

你不如早点做个人情

把鸡仔送我

也好过让鼠捡了便宜

善与恶

狼找到神仙评理：

为何同一物种

狗成了友谊与善的代表

而狼却成了背叛与恶的化身

神仙赐给它一个梦

在梦里，它可以为所欲为

狼于是在原野奔驰

不久饥饿难忍

这时前方出现一个羊圈

数十只羊儿无人看护，狼很兴奋

顷刻间将羊儿屠杀殆尽

它吃了半只，扬长而去

神仙招狗过来，赐给它相同的梦

狗于是在原野奔驰

不久饥饿难忍

这时前方出现一个羊圈

数十只羊儿无人看护，狗很兴奋

偷偷杀死一只羊儿

它吃了半只，惭愧离开

神仙将两个梦放给狼看
狼顿时无语

柿子

柿子味涩，人们敬而远之
它心生怨恨
怨恨一切味香味甜的果子
甚至莲子也让它痛恨：
难道苦苦的，就比涩涩的好吗？
它无法泄愤，整日陷入对别人的诅咒里

它在诅咒里看到了希望
桃子、梨子不见了
苹果、枣儿不见了
恼人的莲子也掩没在残荷败叶中

整个世界清静多了，明亮多了
看看自己由青泛黄
越来越美颜
最终变成枝上红彤彤的灯笼
它欣慰之极：
我要给深秋的寒冷带来光明
讨厌的都已离开
今后这个世界属于我了

它快乐地跳起来

扑通，从枝上掉下

摔成一堆难看的烂泥

讨好

兔子出身卑微
它想通过交友
改善生存环境

它讨好每一个比它强大的生灵
它给猪挠痒
给牛马送草
给狗当玩伴，陪它练习奔跑
朋友都慷慨表示
有什么事儿只管言语

一天，兔子房屋倒塌
它想请朋友帮忙
建个新房
猪打着哈欠，责怪它打扰好梦
牛马闷声吃草，半天不吭

狗儿正在撒欢
被兔子败兴，很是生气：
你的窝儿与我有什么关系

兔子碰一鼻子灰

默默用前爪在地上扒呀扒

用后腿推呀推

终于挖出一个洞

它钻到里面

从此，不再向任何朋友献媚

圆谎

猫与狗在同一屋檐下生长
彼此照顾

一天狗偷吃一个鸡蛋
主人多方调查，怀疑是狗所为
猫怕狗受罚
忙给狗圆谎：
主人，我亲眼所见
那天，是鼠趁我不备
偷吃了鸡蛋
主人信了猫的话
放了狗一马

后来狗护主有功
主人赏它几根骨头
狗很珍惜，把骨头藏好
留自己慢慢品尝
鼠闻到香味，嘴馋难忍
它瞅准时机
将骨头偷取一根

狗发现骨头失窃
非常恼怒
它怀疑是猫所为
猫为自己辩解：
我不喜欢骨头
一定是鼠干的

狗摇摇头：
你撒谎的样子真是逼真
猫还想辩解
已被狗猛咬一口

投其所好

猴在一个农庄做了庄主

聘请狗当管家

狗了解猴的习性

对它的娱乐生活非常上心

狗安排随从在路边

埋上爬杆、树桩

以便猴累了可以上桩休息

猴很满意，在大小场合对狗夸赞不已

后来轮岗，水牛做了庄主

它在庄园巡视

看见路边插满树桩，眉头紧皱

狗见状急令下属将桩拔去

同时在庄园挖了许多水沟

方便水牛下水游泳

又安排鱼儿为水牛按摩

水牛在大小场合对狗赞不绝口

轮到鸡做庄主时

它对遍布农场的水沟大为恼火
声讨这是破坏耕地，使农庄减产
狗赶紧认错
把沟全部填平

狗命下属在家家户户门前堆满垃圾
遭到庄民抗议：
这样臭气熏天，污染环境
但狗不为所动，强制推行

鸡巡视时，看见垃圾
便好奇地跳下轿子
一头钻进垃圾堆里，饶有兴致地抓挠起来

狗带领随从也跟着抓挠
不久，家家户户门前都脏乱不堪
不知道的，还以为
农庄就是个垃圾王国

不以为然

鼠做农庄的庄主
巡视时，见环卫工老虎工作踏实
就决定给予特别奖励

它邀请虎与它共进晚餐
这是崇高的荣誉
它们在餐桌上谈了工作上的事
鼠对虎的态度很满意

后来它们聊到偶像
鼠问：
你最崇拜谁
虎想了想摇摇头
鼠疑惑：
你不崇拜牛吗
它比你大得多
虎摇摇头
马呢
虎又摇头
鼠不悦：

你要谦虚
你看我贵为庄主
对狗敬重
对蛇礼遇有加
尤其崇拜的是好汉猫大侠

见虎半天不说话
鼠以为它已知错
不料虎憋不住，请教说：
为什么您崇拜的那些玩意儿
我一个也瞧不上

兔的和平

虎受到和平主义的感召
宣称不再杀生
众生灵感恩戴德
为虎建祠立庙

兔受到启发
觉得和平实在美好
它四处宣传，希望世上不再有伤害发生
却遭到大家的耻笑

鹰说：
我相信你真的渴望和平
这样消除你的恐惧
和生存的烦恼
狐狸说：
莫非你也想像虎一样
让大家把你捧得高高

一只猎狗盯上了兔
它大声赞道：

兔啊，不要理睬它们的嘲讽
我要为你的义举呼叫

兔非常感动，向猎狗致谢
猎狗上前与它拥抱，趁兔无防
一口将它咬住

风筝

风筝像一只大鸟在天上飞

云朵见了，高声赞道：

多么迷人啊！五彩的羽毛，飘逸的舞姿

这是我见到最美的鸟儿

风筝听到赞美，以为遇到知音

它邀云朵与自己伴飞

云朵听了大笑：

风筝啊，你虽然美丽

只可惜飞得太低

伟大的鸟儿都会飞往高处

让世界仰视

快快来吧，我们比翼的样子

一定让天空变得神奇

风筝动心，请求线儿放开它

线儿警告它离开会有危险

但风筝还是使劲挣脱线儿的手

它没能向上飘扬，迅速被风吹得忽起忽落

风筝向云朵求救

云朵摇摇头：

我错看了你

你不过是长了鸟的外形

风筝急忙争辩：

不，我还有鸟的心灵

云朵叹息：

为什么你的命运

离开了别人的手

就再也飞不起

免费

有个古人穿越到现代出差
又累又渴
走进饭庄，见有食品免费品尝
不禁食欲大发
结账时，立马犯傻
因为免费的只有一点
他却吃了大餐

交了巨款
古人自认倒霉
怪自己不懂当代规矩
他感到肚子饱胀，消化不良
想找个医生看看
刚好有个诊所搞免费咨询
古人急忙问诊
被查出有重大疾病
医生劝他住院治疗
否则以他的年龄，会变成一阵风

古人非常恐惧
只得听从安排

医生问清他的盘缠，确定该住几天

出院后，古人囊中空空
没钱寸步难行
也难以回去复命
恰巧，有个旅行社组织公益活动
免费穿越古代游
古人仿佛看见救命稻草
立刻报名
中途导游要求全体到商场购物
古人没钱，被撵下车去

他这时迷路，仿佛成了孤魂野鬼
叫天天不应，叫地地不灵
他到处乞讨，吃尽了苦头

幸好有穿越路过的差役，将他带回
许多文人雅士前来探望
大家让他谈谈未来之行什么印象最深
他激动地说：
未来世界有种特别的商品，死贵，死贵
名字叫免费

皮肤与毛发

毛发觉得自己漂亮
经常染得五颜六色
皮肤受到各种污染，苦不堪言

一次皮肤难以忍受，要求毛发清洗
毛发害怕颜色褪去，死活不肯
皮肤无计可施，告诉毛发：
你的美丽是我的全部痛苦

毛发觉得可笑
哼哼，一定是我抢了你的风头
让你心中嫉妒
于是它更加不管不顾

皮肤有了炎症，慢慢溃烂
散出难闻的气息
毛发万分嫌弃：
与你相伴，真是倒霉
不管我涂抹多少香水
也难掩你身上的臭味

但毛发渐渐站不稳脚跟

它被梳子轻轻一梳

就会连皮带肉扯下一片

毛发气得大叫：

不争气的皮啊

把我害得好惨

这时剪刀过来

毛发以为给它出气

只听咔嚓咔嚓

它被剪刀全部剪去

年轮

松与槐是邻居

它们一块生长

日出时，一同沐浴霞光

风雨时，彼此鼓励

它们有着相同的身高

粗细也相差无几

有人好奇：

你们哪位是兄，哪位是弟

松回答：

那还用问

谁都知道，松的生长最耗精力

槐不服：

咱俩相差不多

这可以让大家评比

它们发动亲朋积极参与

谁都不能出示证据

争执不下，友谊破裂

它们的根在地下大打出手
亲朋也争吵不休
激烈时，在地上厮打

这时有只老蚂蚁从洞中爬出
大声喊停：
多么缺少智慧啊
你们数一数年轮
不就解决问题

大家觉得有理
都要求它俩报出年轮
但松和槐都回答不出
蚂蚁又出个主意
用锯子把它俩从根部锯倒
上面的年轮清清楚楚
松与槐正在较劲，一致赞同

不一会儿，地上留下两个低矮的树桩
一大群生灵围着，齐声数数

眼睛与拳头

右手生性好斗
经常握成拳头击打别人
眼睛看不过去
劝它学会收敛
右手不听，还揍了眼睛

眼睛红肿着，气愤异常
发誓一定让右手老实
它用心了解右手
想看看什么结构
但右手总是握着
让眼睛寻不着破解之道

脑袋给它出个主意
你去了解左手吧
左手态度温和
把自己展示给眼睛

眼睛了解完左手
就去购买手套

趁右手不备
给它戴上

此后右手无论如何发火
它击打对方时总显得无力
右手烦闷：
该死的手套
它如何得知我的构造

恩惠

鸡在池边饮完水
见羊排在后边
就对它说：
来，快喝吧
羊说声谢谢
畅饮起来

从此，鸡记住对羊的恩惠
它垒窝时，经常到羊那里借草
羊总是慷慨地给它

一年天寒，它又去借羊毛
羊不大情愿
鸡生气地说：
真是忘恩的家伙
如果那次我不让你喝水
你早就成了骷髅

羊奇怪地望着它：
我真没觉得你给予的恩惠
能让你念念不忘

虫子与太阳

虫子得到太阳的照顾

清晨，太阳给它露珠

供它解渴

中午，太阳给它绿叶

供它果腹

太阳又给它温暖的光

让它不会寒冷

虫子感恩太阳，想要报答

可是我能给予太阳什么呢

太阳是多么强大的存在啊

它思来想去，倾其所有

也无以回报

虫子泄气

觉得自己没用

这时太阳看出它的心事

向它请求：

亲爱的虫子，我需要你的帮助

当我沉睡之时，你能带给世界

一丝微光吗

虫子一口答应
它吸足了能量
每当太阳离场时
它就整夜在空中忽闪忽闪的
让黑夜明白它是光的信使

鹰蛋

鹰被邀请参加鸡的会议

它准备一套说辞

鼓励鸡只要努力

就能展翅高飞

会议伊始，下面就吵吵闹闹

鸡们在争论洋鸡蛋与土鸡蛋

谁有营养

它们摆论据，讲道理

争得不亦乐乎

最后鸡主持请鹰发言

鹰有感而发

要大家树立崇高的理想

征服蓝天

莫要整日沉浸在鸡毛蒜皮的小事中

不能自拔

鸡们听得昏昏欲睡

有鸡大胆提问：

伟大的鹰啊，以您的智慧评判下

鹰蛋与鸡蛋谁的口味最佳

鹰情绪失控，愤怒大叫：

鹰蛋神圣，不可食用

冰与鱼

冬天，严寒向水侵袭
水急忙穿上盔甲抵抗
严寒攻得越紧
水的防御越强

鱼儿浑然不知
在水下睡醒了
想到水面看看热闹
但被厚厚的冰拦住

鱼儿生气，要冰让开
水说冰是保护它的盾牌
鱼儿丝毫不肯领情
它要看看外面美丽的雪景
甚至想在冰面上滑冰

鱼儿强行让冰打开一扇门
一跃而出
旋即冻僵在冰上
水问：外面的景色美不

鱼儿没有回答

水仔细一看

鱼儿大张的嘴巴

像欢呼，又像惨叫

瑕疵

一块玉儿长得美好
一顾倾城
再顾倾国

它身上有粒瑕疵
被视而不见
玉儿骄傲
把自己放大成巨幅照片
悬于繁华的街道

但它的瑕疵也跟着放大
人们品评它时
不由得多看瑕疵几眼

之后，人们看到玉的照片
首先一番感叹：
可惜啊，这么巨大的瑕疵
把玉的美毁去大半
玉儿听了难过
觉得自己是个小丑被展览

它撤回照片
为时已晚
人们谈论起来
瑕疵成了心中的纠结
仿佛那不是小小的瑕疵
而是它身上无法洗刷的污点

付出

老牛从田里回家
卧在地上反刍
猴儿跳过来
自豪地说：
你知道吗
我今天给主人递了草帽
给他拿了扫把
还帮他收了鸡蛋
主人夸我能干

老牛敷衍：
不错，你很能干
猴儿受到赞扬
四处宣传自己的劳动成果

鸡看它不惯：
你付出那么一点
就大呼小叫
你要是像牛那样劳作
还不得惊天动地

猴儿不解：

什么？牛儿做了很多

我怎么不知道

去远方

忍者要去远方
他备好干粮，准备上路
脚提意见：
鞋子旧了
要换新的
他不答应：
我钱财不多
你要学会刻苦
忍一忍就能熬过

胳膊提出建议：
希望自己会飞
由它载着身体
那将是快乐之旅
忍者一听有理
花钱给胳膊装上翅膀
可是任他怎样扇动
也难以飞起

嘴巴给他建议：

还是吃迷药有用
吃上一口，以梦为马
瞬间就能到达

忍者一听欢喜
花重金买来迷药
果然梦到了远方
待他清醒
见还在原地
有些失落
这时钱财已尽
无力远行

他气得跺脚：
都怪你，还赖在此地不走

蚊子

黑夜里，我被蚊子
叮咬急了
也变成一只蚊子

我仅仅想逃避被叮咬的命运
做一只善良的蚊子
但我没能逃脱一个法则：
只要变成蚊子
就有了吸血的本能

白衣

白衣纯洁
主人喜爱

白衣喜欢色彩
它想让自己更美一些

见到红布
它就讨些红色
红布夸它：
沾点红，就是喜庆

见到绿叶
它就讨些绿色
绿叶夸它：
沾点绿，真有生机

它讨了五颜六色
把身上弄得污浊不堪

主人生气，把它脱下
当成抹布

操心

一棵桃树爱为别人操心
评这个挂果多
那个挂果少
这个果子的个头大
那个果子的个头小
别的桃树都已开花结果
它的绿叶还没几个

主人见它既不开花也不结果
就把它砍掉，劈成木柴
一天它被塞进炉灶
还在噼噼啪啪议论
木炭和电火哪个厉害

锅里水响了
它以为水参加讨论，兴致更高
主人不得不拿铁钩敲打它
让它小声点

不久它感到水停止了吵闹

向主人请教：
为何水不再讲话
它们是否同意我的说法
主人回答它：
开水不响，响水不开
你能明白其中的道理吗

柴听了，似有所悟
但此时已化作灰烬

假牙

一人牙病，装了门牙和犬齿
不久，这俩互掐起来
犬齿说：
看，满口的牙齿
数我光洁明亮
好的牙齿都应长成我的模样

门齿一听不悦：
听名字便知
你不过是看门狗一样的角色
我才是堂堂正正的牙王

犬齿不服：
你不过装点门面
关键时刻，全靠我的力量

虫牙正在痛苦，听见吵闹
斥责它们：
你们这些假货
自吹自擂真是可笑

门牙和犬齿立时大怒：
朝不保夕的家伙
快快交出你的地盘
那里迟早是我们的家园

虫牙难过无语
舌头叹息：
倘若尔等努力向上
哪里会有假牙在这里充大

箭

箭觉得自己本领强大
可以射穿许多物体
甚至铁甲也不放在眼里

弓劝箭少些傲气
箭挖苦它：
你不过是个花架子
有什么资格教训我
弦劝箭要有理性
箭更是恼怒：
你不过是我身后的一根破线
啥时轮到你来指指点点

于是弓和弦都不再帮它
有挑衅者看到了机会
向箭示威：
来来来，拿出你的本领
来射我呀

箭怒火冲天，却动弹不得

挑衅者哈哈大笑
为了更好羞辱它
众物体把丝绸请到箭的面前：
箭啊，你看这是天下最薄弱的东西了
你有本领射穿它吗

箭已快气疯，它努力挪动身子
却被丝绸轻易挡了回去

格局

鞋子为体现自身价值，寻到脚
它很强势
要求脚穿上自己
脚试了试
嫌它小

鞋子生气，说脚没有格局
要它学会忍耐
于是脚忍着疼痛
和鞋子成了伴侣

后来，鞋子渐渐破旧，变得肥大
脚穿着过于宽松
它们之间又生嫌隙
鞋子责怪：
你怎不懂得能屈能伸
见脚不语，它便整天给脚谈论格局的话题

终于一天，脚突然
把鞋子脱下，扔到一边

鞋子困惑：
你怎敢这样对我？

脚歉意地说；
多谢你教我懂得格局
该舍弃的，就要舍弃

阻力

一位父亲宠爱孩子

他找到神仙：

求您啊，让我的孩子走的路

遇不见一丝儿险阻

神仙点点头，把小孩放到冰上

小孩难以行走

屡次摔倒

神仙撒一把沙子

小孩可以在上面欢快地奔跑

神仙说：

看见没？给些阻力

行走才会有趣

父亲受到启发

请求神仙多给些阻力

于是神仙引导小孩的脚走入泥泞

小孩走不多久，厌倦之极

神仙在泥泞的路上放些脚印

小孩顿时有了精神

神仙说：

看见没？过多的阻力

会让他放弃

花盆

一粒种子被种在花盆里
发芽、生长
主人帮它树立崇高的理想
它努力向上，很快便长成瘦高的秧苗

它对蝴蝶说：
有一天，请到我这里来
我会有浓密的树荫
供你逍遥

它对蜜蜂说：
有一天，请到我这里来
我会开出大片蜜源
供你酿造

它对鸟儿说：
有一天，请到我这里来
我会长出高高的枝丫
供你筑巢

但大家都没有搭理

禾苗感到委屈

风过来，拍拍它的肩：

可惜啊，你只有巴掌大的一块土壤

能有多大出息

任性的小河

一条小河任性好动
它经常不走自己的河道
去邻居家串门

它随身带着沙子、石子、树叶和各种玩具
走到哪丢到哪
从不管别人的感受

邻居都很生气
但碍于情面没有阻止
可心里的苦恼在不断堆积

河坝劝小河说：
你要小心啊
不要伤害了别人还不以为意
小河反驳：
怎么会呢
你真小题大做
别人不会如你说的那般小气

一天小河又去邻家串门

邻居对它大喊：

我受够了，你看看我的心情

说完将小河带来的垃圾堆成一个门

拦住小河的脚步

小河不解其故，问河坝

河坝说：

你自以为没给别人造成伤害

可是别人默默记在心里

小河后悔莫及

再走自己的路

因长时间无人打理

河道已遭毁弃

知音

琴师知音难觅
对自家的牛弹起琴来
他想，总要有个听众
给自己带来安慰

结果牛毫无反应
琴师感叹：
你不通人性
难为你了

说罢，他取来一把青草
牛高兴地扬起头来
"哞"地叫了一声

辫子

屠刀当家，遇到脑袋
屠刀威胁说：
把你脑门前的头发剃掉，留上辫子
否则就让你开瓢

脑袋不从，被砍了一刀
脑袋害怕，就按照屠刀的吩咐去做

后来屠刀生锈，换了剪刀当家
剪刀不喜欢辫子
它威胁脑袋：
快把你的辫子剪掉
否则在你上面戳洞

脑袋已爱上辫子
不忍舍弃
于是被剪刀戳了几个窟窿

这时头发劝它：
何必吃这眼前亏呢

你可以把辫子藏在里面呀

脑袋想想有理
就把辫子剪下
让辫子的身影印在脑海里

这样，虽然剪刀在脑袋面前晃来晃去
却始终没有发现
辫子在脑子里长得更为浓密

羡慕

你是潇洒的鱼儿
每一次摆尾
都是优美的舞姿

你跃出水面
惊艳地飞翔
令人迷醉

可是你忽然掉到了岸上

求助

羊屡屡被狗欺负
身上伤痕累累
它向主人告状
主人袒护狗
不作任何处理

于是羊找饿狼求助
狼答应它的请求
向它索取高额报酬
羊忍痛把小羊给狼当作食物

狼瞅准时机
狠狠教训了狗
主人见狗一身血污
惊问是谁所害
狗经过打探
发现是羊所为

主人气得发疯
天啊，被狗保护的羊

怎能勾结恶狼

他把羊抓住

立刻宰杀

狗跟着喝完羊汤

又偷偷衔走几根骨头

去讨好恶狼

风筝与鸟儿

鸟儿看见风筝静静地高飞

不禁羡慕：

真飘逸啊，不用费力

就飞得那么高那么稳

它向风筝请教飞行技巧

风筝告诉它：

在你腿上拴根线儿

让它带着你飞

鸟儿疑惑：

线儿会不会将我拉下

风筝肯定地说：

不会，线儿越拉

你飞得越高

鸟儿听了风筝的

请人在腿上拴根线儿

愉快地向天上飞去

很快飞到风筝的身边

风筝欢迎它来作伴

鸟儿也高兴能与风筝一起共享蓝天

风筝提醒它：

你老是扇翅，会不会累呢

鸟儿想起初衷

就停止扇动

但见它径直向下坠去

鸟儿急了，向下叫道：

快拉线呀，使劲拉呀

放鸟的人听了，快速收线

鸟儿没折腾几下

就摔倒在地

互害

包子的馅儿用最差的食材做成
主人从不吃它
每当人们买去食用
主人都得意自己的聪明：
呵呵，我用最差的东西
赚取可观的利润

他拿出钱币去买油炸食品
他想，不管什么东西
被油炸过
一定卫生

油炸食物的主人
却从不吃他自己的产品
看客人来来往往
他很得意自己的聪明：
呵呵，我用最便宜的地沟油
赚取可观的利润

他拿出钱币去买包子

他想，面做的食物

再差也比油炸的靠谱

表演

禾苗遭遇干旱
它们呼叫多次，主人才来到地边
为了证明自己并不懒散
他背上喷雾器
给每颗禾苗的叶子都喷洒几遍

但禾苗并不领情
仍然大声叫喊：
口渴难耐，口渴难耐
主人已累得气喘吁吁，难以动弹
他气愤地大骂：
不识抬举，不识抬举

有邻居教他不用这样费劲
只需挖开沟渠让水漫灌
就可以解除禾苗的危险

但主人不肯，那样做太过简单
他依然亲力亲为
每天都对禾苗喷洒

一颗禾苗终于爆发：
去你的表演
快拿出实际的方案吧

主人气愤之极，抓住它的衣领
一把拎起：
不领情的东西
你没看见我已竭尽全力

其他禾苗都吓得噤声
任由主人表演爱心
不久，它们都昏昏睡去

屁股与板凳

屁股坐在板凳上
心安理得，是啊
板凳生来就是为屁股服务的

屁股不安稳，经常摇晃
板凳腿部受损，疼痛难忍
屁股不管不顾
还挖苦：
没有我，你的存在有什么意义

板凳气不过：
不知你哪来的自信
我好心好意
你却当我下贱，没有脾气

于是，板凳故意摔倒
让屁股摔成两半

说教

有只老雀经常给小雀讲课
结尾总是告诫小雀
警惕外面的世界
不要受到诱惑

雪天到了，世界陷入饥荒
老雀寻到一片打扫干净的空地
一只撑起的竹筐下有几把粮食
它忍不住跳上前
试探几次
见没有危险
就一头扎了进去

其他小雀跟过来
是啊，跟着老雀
不会犯错
它们看见老雀跳进，也跟着跳进

叭，竹筐落下，把群鸟罩住
小雀惊慌，碰得头破血流

也难以逃脱
小雀纷纷责怪老雀引错了路
老雀叹息：
你们都已看到
我说的道理都是真理
只是我们从不相信

青蛙与农夫

青蛙与农夫是好友

青蛙吃农夫田野里的虫子

农夫整理沟渠

让青蛙有一个好居所

到了丰收季节

庄稼收割在打谷场上

农夫加班加点

要尽快把粮食打出

青蛙这时却盼望雨水

想早点洗去身上的干热

它不停地念叨：

乌云快来，乌云快来

乌云真的赶来

远处想起雷声

青蛙快乐极了：

乌云来了，我招来了乌云

它跳跃着向场上奔去

要告诉农夫这个喜讯

农夫却气愤地对它说：
滚开，你这个坏家伙

青蛙委屈极了
它不明白
农夫为啥变得这样凶恶

狗与锁链

狗自幼被锁链拴着
它把锁链看成自己成长的伙伴
每当它冲动起来
总被锁链拉住
否则会惹出不少麻烦

但是锁链锁住它的自由
让它急躁不安
它经常和主人吵闹
希望去掉约束
让自己过得舒坦

主人拗不过它，打开锁链
告诫它不许滋事
狗满口答应
就四处去看新鲜

但因没有锁链的牵绊
它无法驾驭自己的脚步
一激动，就会窜出老远

像个精神异常的醉汉
许多人都被吓着
甚至有人拿起棍棒

狗也被自己的行为吓着
它害怕万一伤人自己性命难保
于是它衔起锁链递给主人
觉得锁链最为可靠

茶与路人

饥渴的路人四处寻水
恰巧茶也在寻找知音
路人端起茶一饮而尽
犹未尽兴，又端起满满一杯

茶问，你可知晓我的品位
路人茫然，无法作答
这时，隐者路过
茶请他评论
隐者细细呷品
说出茶的心意
路人上前请教
隐者说，因我没有饥渴的肠胃
才能感受茶的味美

野人（二题）

一

野人赤裸身体，躺在树下乘凉
见过路的君子衣冠齐整，大汗淋漓
野人不解：
这么炎热的天
为何还要穿衣
真是虚伪

君子回答：
这不是衣
这是我和你的区别

二

野人被带去游泳
见到人的穿着
不禁大笑：
文明多么简单
就是把布撕烂

它找块布撕成三片

穿戴在身：

看，我瞬间就成为你们中间的一员

人回答：

没有这么快

这三片布，我们撕了上万年

有用与无用

鲜花、蜜蜂、鸟儿一起聚会
席间，它们争论谁最有用
鲜花说：
我带给世界以美色
蜜蜂说：
我带给世界以美味
鸟儿说：
我带给世界以美妙的声音

一股风儿路过
它们让风儿评比
风儿摆摆手：
你们能看到空气吗
它摸不着、看不见
可你们谁又离得开呢

天鹅与野鸭

因对野鸭的爱慕
天鹅展开洁白的羽毛
煽情地舞蹈
野鸭木然地看着
无动于衷

天鹅又展开嘹亮的歌喉
唱出对野鸭美好的祝福
野鸭木然地听着
无动于衷

天鹅又低声恳求
希望野鸭给它一个甜美的回应

野鸭这时快乐地笑了
它看见了另外一只野鸭

树大

一户人家，房前有树大和树二

树大对树二充满敌意

发动其他植物取笑树二

还偷偷在地下用根绞杀它

树二奄奄一息

树大请求主人：

看啊，这是个不成器的东西

请快把它除去吧

主人看树二难以成材

就把它砍了

树大不久又跟房子产生了摩擦

它的根往房子里挤

被墙根阻拦

树大自恃有主人宠着

再次请求主人：

看啊，这个怪物一年四季都长不出一片叶子

快把它除去吧

主人皱皱眉

看到房子与树大实在难以相处

毫不犹豫地把树大砍掉

用它的躯干给房子撑腰

不屈

槐树与人亲近

总想为人服务

树精不满

要它与人远离

被槐树顶了回去

树精为了立威

将槐树砍倒

槐树没有屈服

它打理一番，将树干给人做了栋梁

树精气愤，将它抓来劈成两半

它拂去伤痕

把自己做成家具

给人送去

树精更为气愤

把它抓来撕成碎片

它却来到人的灶房

给人当柴，给人光热

树精疯了，把柴灰扔在大地上
大地因柴灰做了肥料
庄稼、小草都茁壮成长
其中还有一棵槐树的幼苗

米粒

米粒害怕生虫
把自己封在袋子里
与世隔绝
但它仍不放心
要求把袋子锁在盒子里

不幸的是，它还是感觉身上发痒、生疼
待急忙逃出去
发现身上已虫迹斑斑
它大惑不解
质问虫子究竟从何而来
虫子尖声回答：
我就在你的体内啊
你藏得越深
我出来得越早，哈哈

跳龙门

龟是大河里的部落首领
手下鱼虾众多
大河里有一处断崖叫作龙门
每年河神都在此举行比赛
跳过去的就奖励一枚金片
贴在身上，很是好看

鲤鱼的功力不同一般
经过龟的批准
每次参赛均获得冠军
它浑身贴满奖励
走到哪儿都金光闪闪
赢得大家的盛赞

龟见自己身上黑里透青
难看异常，心情不爽
便不再批准鲤鱼参赛
鲤鱼不能展示自己
精神忧郁
有虾给鲤鱼出主意

要它把金片奉献给龟

于是鲤鱼向龟作了检讨又作出承诺

这样，龟的身驱开始贴上金片

后来金片越来越多

俨然成了金龟

它到处游荡

大家都以为它是跳龙门的总冠军

热气与冷气

水生活安逸，与世无争
一天热气突然袭来
将它变成水汽
水不堪忍受炎热的折磨
呼喊冷气来搭救

冷气听到呼救
赶来将热气驱走
让水汽重新成为水的样子·
水对冷气万分感谢
但冷气意犹未尽
继续释放冷气
将水冷冻成冰

水被冻得窒息
呼喊热气救命
冷气听闻，气愤地质问：
不知好歹的家伙
为何恩将仇报

水委屈地回答：
我只想成为本来的样子

冷气不解其意：
在我们冷气眼里
冰就是你最好的样子啊

悔过

犬霸占一个庄园

粮食、饲料、家畜、家禽都归它管

犬作威作福

不顾其他生灵的死活

时间一久

有的生灵开始造反

犬灵机一动

邀来洗脑团队给大家洗脑

说服大家安于现状

做一个荣誉庄民

对于做错的行为

要敢于自我检举

牛忐忑不安

它一次收工时，饥肠辘辘

偷吃了几棵禾苗

牛自我斗争多日

主动承认罪行

犬表扬牛的悔罪态度

把它作为反面典型

挂牌游街

之后，就让牛吃最少的草

干最苦的活

犬问牛服不服

牛面露惭色：

我要努力改造

否则会受到良心的谴责

底气

一只轮胎底气不足

特别容易受伤

整天一副疲软的样子

行走时总是拖累整个车辆

主人把它卸下

带它参观其他兄弟

鼓励它，要努力

做坚强的自己

轮胎受到鼓舞

信心倍增

走起路来，蹦蹦跳跳

让整个车辆颠簸不堪

主人要它收敛些

它根本不听

主人只好为它放气

轮胎吓得尖叫：

我好不容易鼓起勇气

你为何要对我伤害

主人教训它：

你现在的底气

与你的实际不相匹配

我把你调成应有的状态

屋子与垃圾

屋子觉得自己漂亮

容易发觉别人不美

它尤其讨厌屋前的垃圾

每见垃圾过来

会立刻用各种言语

指责它们的气味和丑陋的形体

甚至当着垃圾的面说

你们的存在，让世界失去乐趣

垃圾并不生气

每个事物的存在

都有它的道理

一天它偷偷溜到屋里

想看看屋子究竟有什么神奇

结果发现屋子并没有什么了不起

而且它的大梁出现了扭曲

垃圾对屋子发出警告

屋子嗤之以鼻

小小的垃圾
怎能指出我的问题

屋子设想自己永远美丽
却在一次谴责垃圾中坍塌
垃圾望着满地狼藉
嘲讽说：
你有贬低我的时间
反躬自省
或许不会成为我的同类

猜疑

狗想与羊交好
为了体现友谊
它将喜爱的骨头献给羊

羊望着骨头，心中忐忑
它想，如果一口下去
定会折断牙齿

狗却不管不顾，热情相劝：
请你一定吃掉骨头
这是世上最美的美味
放弃多么可惜

羊不禁疑惑：
狗这样热心
莫非有什么企图
它想毁掉我的牙齿
让我活活饿死
还是想让骨头扎破我的肠胃
然后它就可以吃掉我的尸体

羊愈想愈恼

气愤地把骨头扔还给狗

从此断交

盖房

猪与猴比赛盖房
猴行动敏捷
寻到什么就拿什么垒砌
不久房子就有了雏形
评委都夸猴子聪明
猴很得意

猪却在不急不躁地备料
评委见它迟迟没有动工
都嫌它蠢笨无能

猴进行到后边，越来越慢
原来寻找材料浪费了时间
又因前面着急
房子的结构也出了问题

这时，猪开始垒砌
需要什么，得心应手
很快就超越了猴的进度
评委不住点头，又为猴子惋惜

猪完成了建筑

美观、牢固

而猴的材料还未备齐

它一边辛苦寻找

一边大骂猪抢了自己的好运气

缝隙

蚂蚁依仗体小
任意出入各种空间
它养成一种认识
万物都有缝隙
有缝隙就有可乘之机

一天它遇到一个开口的瓶子
里面有它喜欢的气味
恰好有只蜜蜂在旁边劳碌
它便邀请蜜蜂：
快一起进去吃点儿吧
里面好像有花粉的味道
蜜蜂拒绝它的好意：
你要小心啊
里面可不安全
蚂蚁大笑：
从来没有问题把我难倒
只是你太过小心
活该一生受累

于是蚂蚁爬进了瓶子
肆无忌惮地享用里面的美食
它觉得惬意极了
就在里面长期留居

一天它想出去透透气
却发现瓶口已被盖上
任它怎样努力
也无法逃离

它不明白这是什么原因
它本身就是世界的通行证啊
想到这里，它更加努力
相信一定可以寻到缝隙

吊打龙王

有条小龙见神灵在人间受用
就打通关系
降临一座庙里
它每天接受顶礼膜拜
过得很是消魂

好日子一晃过了几载
一年大旱，百姓到庙里祈雨
小龙嫌天气干热，懒得出去
百姓无奈，在庙里苦求
龙躲不过，到外面施法
但水汽太少，它手足无措

百姓以为龙嫌弃贡品不足
便献儿献女，倾其所有
但它仍然无所作为

愤怒终于爆发
百姓怨恨龙不肯帮忙
便冲进庙里将它绑起

吊在庙前干枯的树上
狠狠鞭打
小龙皮开肉绽
哀嚎之声响彻云霄

幸好老龙及时赶来
洒水来救
小龙捡回一命

老龙告诫它：
你既然无能
岂敢享用香火让人进贡
你不能尽职尽责
必然会吞下恶果

沙漠

有段时间太阳性格暴虐
动辄胁迫万物

它听说草木对它不敬
便要释放火焰
将它们烤干
草木吓得齐声喊冤

它听说江河对它不敬
便要释放火焰
让它们干涸见底
江河吓得不敢起一丝波澜

太阳见万物对它畏惧
得意非凡
忽然一股风向它汇报
说沙漠的态度有些傲慢
太阳大怒，立刻找到沙漠
要给它好看

沙漠冷笑：

你已虐我千遍万遍

现在也让你看看我的底线

说罢，它猛然扬起沙尘

遮蔽天空

太阳猝不及防被迷住了眼睛

立刻逃遁

美味

一人爱吃鸡蛋
想到鸡蛋就流口水

他很好奇：
鸡究竟吃了什么原料
才能造出这般美味

他寻个机会
跟踪母鸡
看见鸡这里抓抓，那里挠挠
这里吃粒砂，那里吃条虫
甚至跑到臭烘烘的粪堆上大啄

他想象这些肮脏的东西
在鸡的胃里搅拌、发酵
最后变成他最爱的美味
忽然恶心得呕吐

本分

一只公鸡温和、本分
谦谦有礼
每日值班打鸣
充满自信
主人喜爱它，赏赐它许多粮食

公鸡将所得交给母鸡
还去野外捉些虫子
讨母鸡的欢喜
但母鸡总觉得它无趣
嫌它缺少公鸡应有的魅力
它唆使公鸡去打斗
打得越惨，越能凸显霸气

公鸡受到蛊惑，到处寻衅
它本来文弱，经常被揍得面目全非
公鸡的自信受到重挫
工作时无精打采
鸣叫声里充满悲哀
主人听得心烦

以为它是不祥之物

赶紧把它处决

品位

猫与狗是好友
猫懒，却活得精致
狗勤，却活得粗糙

狗寻到食物
好的给猫享用
差的留给自己
它还把干净的窝给猫住
自己的窝非常脏乱

猫享用久了，把狗的给予
看作理所当然
狗服务久了，把照顾猫
看作分内之事

猫见狗从不挑食
觉得它没有品位
又见狗浑身肮脏
嫌它有些低贱

狗受到伤害

弃猫而去

猫得不到照顾

只能自谋生路

它生存能力很差

根本得不到食物

有时碰到一只腐烂变臭的死耗子

也会欢天喜地

把它当成美味

说教

公鸡喜欢说教

常教育家畜家禽学会隐忍

它总是说

有什么不开心忍一忍就会过去

有什么不顺心的事

忍一忍就会风平浪静

一天公鸡发现自己的口粮少了几粒

立刻冲上屋顶

破口大骂

连骂七天七夜

谁都劝说不了

大家都很困惑

它却觉得没有什么不妥

待它气消

又开始说教

它循循善诱

语气温和

心愿

老鼠一生偷窃

人人喊打

自觉活得没有尊严

它希望小鼠好好学习

做一个举止端正的生灵

小鼠聪明，总能成绩优异

老鼠欣慰，工作更加努力

它要获取更多的银子

供养小鼠学业有成

小鼠感恩老鼠的养育之恩

学习之余，研究老鼠的工作技艺

希望能帮一帮父母

减轻它们的压力

青出于蓝，小鼠稍加尝试

就收获颇丰

老鼠非常不满

告诫小鼠不要走它的老路

小鼠不解：
偷窃既然不好
为何你还这样执着
老鼠羞愧：
偷窃，是我唯一的技艺
除了偷窃，我拿什么养你

小鼠安慰它：
你们不要这么辛苦
我完全可以自食其力
于是小鼠大显身手
每天都偷得盆满钵满

葡萄藤儿

葡萄树向外拓展

派藤儿去执行

一截树桩友好地向它招呼：

嗨，到我这儿来吧

你看我的身躯多么健硕

无论你结多少果实

我都能承担

藤儿瞅一眼，摇摇头：

多么丑陋，多么粗糙

你无非想借助我的绿叶增色

借助我的果实增值

它看见不远处有棵大草长得茁壮

藤儿大喜：

这是草吗？它的身姿这样挺拔

气质卓尔不群

它分明是棵有潜力的树

大草受到吹捧

非常得意

碰了碰藤儿伸过来的触须

大气地说：

你这么点分量在我身上

没有问题

于是藤儿将希望编织在大草上

直到冬去春来

藤儿从梦里苏醒

发现大草的身躯早已枯朽

这才着慌

它想从大草身上离开

但藤丝儿将大草紧紧缠住

让它自己动弹不得

蛤蟆

桌子一条腿短
上面摆放物品容易倾倒
蛤蟆看见，出于友爱
上去用身体填充空缺

桌子变得平平稳稳
上面的杯盘也都安稳
桌子边的客人称赞蛤蟆有爱心

桌子上堆积的东西越来越多
人们的视线被吸引到桌面上
丝毫不顾及桌下有什么反应
蛤蟆被压得气喘吁吁

它大声喊叫
希望减轻压力
可是有什么用呢
蛤蟆听到的依然是：
别泄气、坚持啊这些励志的话语

蛐蛐儿是蛤蟆的邻居
它们经常一块唱歌
看到蛤蟆难受的模样
就劝它赶快撤离：
你何必硬撑呢
无谓的努力真是多余

蛤蟆觉得有理
稍一泄气，抽身离去
桌子失去平衡
上面的杯盘哗啦摔了一地
这时桌边的人开始埋怨蛤蟆
怪它不够硬气
是啊，大家都说，蛤蟆是个坏东西

醒一醒

餐厅，服务生提前把红酒倒入酒杯
让它吃点氧气，醒一醒

茶水在一旁看见，以为这是特殊待遇
也要出来醒一醒
服务生说：
天气较凉
你还是待在壶里保暖

茶水不服，要求享有平等待遇
服务生见它可笑
就将它倒出，与红酒摆在一起

不久，客人品尝时
都夸红酒美味
一位客人端起茶水
茶水又惊又喜
以为会对它大加赞美
客人评价说：
凉冰冰的，寡淡无味
随手将它倒去

快乐

徒弟跟师父学习快乐
他自以为聪明
没多久向师父告辞：
您看，我脸上的愁云一扫而光
整日挂满笑容
我已找到快乐的秘密

师父煮肉汤送行
徒弟感激
盛满一碗，痛快喝下
不久，他捂着肚子向外跑去

返回时，师父问他肉汤如何
他如实回答：
味道鲜美，可是我的肚子无法消受

师父拿起勺，指着汤锅：
看着没，你脸上的快乐
就像漂在上面厚厚的油腻
你应将油腻撇去
下面的汤是真美味

君子与庸人

君子勤奋，见庸人逍遥自在

找神仙评理：

为什么庸人现世没有报应？

神仙指着朝阳：

你看到了什么？

喜气洋洋！

神仙指着星空：

星空美吗？

美不可言！

神仙递给他一个窝头：

人间美味啊！

神仙递给他一杯水：

人间甘泉啊！

神仙说，你听庸人的回答吧：

无聊的一天开始了！

好恐怖的星空啊！

多恶心的窝头啊！

太寡淡无味了！

懒风

风懒惰

终日睡着

酷暑时节，大地闷热无比

它却无所作为

受到众生的谴责

风有意悔改

开始制订计划

它磨磨蹭蹭

到了深秋

也未看见它的行动

一天晚上，风做了噩梦

梦见天地召开会议

准备把它开除"地火水风"的联盟

它受到惊吓

突然努力工作

到了严冬更是勤奋不辍

它想众生一定会为它高唱赞歌

哪知众生早已承受不了严寒的侵袭

大骂它是世间的魔

风很苦闷：
我已改悔
这次挨骂又是为何

半块砖头

半块砖头有自己的理想
却没有用武之地
它无所事事
毫无存在感

有人邀它打斗
它觉得刺激，奋力把对方打得头破血流
结果受到惩罚被行政拘留

出来后它想改变自己
朋友请它去铺路
它愉快地同意了
和许多同类摆在一起
任人踩来踩去
它还感到有趣

但时间稍长
它就心生厌烦：
和无数的同类这样挤在一起
多我一个不多

少我一个不少
我的存在有什么意义

于是，它趁着夜晚偷偷逃离
第二天远远听到朋友在骂它：
缺德的半块砖啊
你留下一个凹坑
绊倒多少人啊

旗号

青蛙梦想成为富翁
迟迟不能如愿
它放弃奋斗，另寻出路

它找到牛马游说：
你们都是有爱心的生灵
却不知水中有多少流浪的生命
它描述流浪者的悲惨遭遇
希望牛马伸出友爱之手

牛马被深深打动
牛亲自策划，号召天下捐款捐物
马则四处奔走，传递这个公益消息

大家都信任牛马
一时间，青蛙的收获颇丰
它着手建一个巨大的池塘
邀请猴子施工
猴子讨价还价
被青蛙一顿臭骂：
你对公益事业斤斤计较

真是坏了良心
猴无地自容
用最优的价格
迅速把池塘建好

青蛙找到鱼群
拿出传单和报道
告诉鱼儿，快点来吧
这里有你们要找的天堂

鱼儿纷纷赶来，池塘热闹非凡
大家感激不尽
对青蛙高唱赞歌

青蛙找到鱼贩
快点来看，这野生的鱼儿
是真的绿色食品
鱼贩子将鱼一车车拉走
青蛙赚得盆满钵满

青蛙拿出一点银子
给牛马盖了牛棚马厩
让它们幸福养老

珠宝

石头当家，重用砖头、瓦块等
连坷垃也登堂入室
珠宝虽然清高，却生存艰难

有人劝珠宝找石头入伙
珠宝拗不过现实
就前去拜见

石头见到它不悦：
你一身光泽
是来向我炫耀吗

珠宝赶紧找个河沟
给自己涂上泥巴
又去拜见
坷垃很不满：
你畏畏缩缩，冒充我的样子
真是令人反感
砖头、瓦块也在一旁挑衅：
听说你自诩为天下英雄

敢不敢陪我们到火里炼一炼

珠宝非常惶恐

急忙逃窜

它在僻静处黯然神伤

一只屎壳郎路过

同情珠宝的遭遇

屎壳郎给珠宝浑身糊上粪便

让珠宝变成一个粪球

珠宝再去拜见石头等大王

大家笑作一团

它们接纳了珠宝

给它起名叫臭蛋

它们娱乐时

就会有一个节目：

屎壳郎推臭蛋满地跑圈

批评对象

一股旋风喜欢批评别人

它批评山峰木讷

山峰正在沉思

没有应答

它批评树儿没有眼色

总是挡道

树儿哈哈一笑

摇摇脑袋

它批评流水没有定力

流水只顾自己的欢愉

匆匆而去

旋风觉得自己很有威力

谁都敢得罪

一天它看见一堆垃圾

嫌它低贱，便对着它训斥

哪知垃圾立刻炸毛

围着它骂

旋风抵抗不住

想要逃走

垃圾追着它

把骂声撒得到处都是

旋风从来没吃过这样的亏

吓得躲到山洞里

它百思不解：

面对同样的批评

垃圾为何有这么大的反应

孝心

母羊疼爱小羊

食物短缺时

总把青嫩的草让给它吃

自己去吃干草

时间长了

小羊以为妈妈的味口不大一样

一天，羊群被带入丰美的草地

羊们快乐地享用起来

不久，母羊发现小羊失踪

它拼命呼唤

发现小羊正费力地衔着一把干草跑来

小鸭

一只老鸭望子成龙

把小鸭送到斗鸡场学习格斗

教练态度认真，安排它和小鸡对练

小鸭不是小鸡的对手

整日被揍得踉踉跄跄、晕晕乎乎

教练很不满意，斥责小鸭不够坚强

但无论小鸭怎样努力

也难以斗过小鸡

望着一摇三晃的鸭仔

老鸭也失望透顶，连声长叹

小鸭却不服气

它把小鸡引到水边

瞅准机会，把小鸡摁到水里

任凭小鸡怎样挣扎

也占不到一点便宜

直到小鸡奄奄一息

小鸭才将它从水里救出

从此，小鸭就在水里畅游

它问老鸭：

水里本是我的天地

何苦让我到岸上去做一只斗鸡

创口贴

创口贴热爱自己的职业
遇见伤口，就会勇敢地迎上去
它治愈一个又一个伤口
受到大家称赞

一天它遇到嘴巴
嘴巴心情不好，说话难听
耳朵怂恿说：
创口贴，快给嘴巴封上吧
它可病得不轻
创可贴听不明白：
什么才是健康的嘴巴呢
耳朵回答：
健康的嘴巴，一定说话动听

创口贴听信耳朵的
用力将嘴巴封口
它想封过口的嘴巴
一定会说出漂亮的话

谁知当它被揭去时
嘴巴直接吐出一口恶臭

棉衣

棉衣对太阳充满感情
因为它们都是温暖的象征

它歌颂每一次日出
把太阳的升起当成盛大的典礼

北风心中妒忌：
嗨，别乱攀亲戚
我们才是你最好的伴侣
棉衣嗤之以鼻：
呸，谁和你是伴侣
你们到处肆虐，冰封大地
是世上最坏的东西

北风被骂得无趣
二者的关系更为对立

棉衣熬过千辛万苦
只盼望太阳的脚步越来越近
它想世界温暖了

它也可以过上更好的日子

太阳没有辜负棉衣的期望

世界随着它脚步的临近

变得富有生机

棉衣正激动不已

突然被扔到一边：

去吧，你这个坏家伙

谁都知道，你和冬天是一伙的

冬

冬以严酷著称
凡顺从它的，都得以生存
凡逆它愿的，都被灭亡

它叫树木丢掉幻想的枝叶
学会孤寂地等待
叫小草放弃身躯，重新回到泥土里
它又命令其他生灵
搭窝、打洞，抵御寒风

它安排了一切
世界也遵循它的法则

万物感念冬的恩德
对它顶礼膜拜

冬满意极了
躺在时间的隧道里沉睡
直到垂垂老去

在它老死的那天
万物顿觉天崩地裂
它们无法割舍对冬的情感
不知道失去冬的庇护
还如何生存

可它们蓦然发现
美丽的春天已悄然到来

爱做好事的猫

小猫是个热心肠
爱帮助别人做事，却总受到质疑

一天小鸡放风筝，风筝挂在了枝上
小鸡很着急
小猫看见，赶紧爬上树去
把风筝还给小鸡
母鸡没有答谢
只是疑惑地看它：
莫非你想打小鸡的主意

隔壁羊的家里遭了鼠灾
羊妈羊爸到处求助
小猫主动跑去捕鼠
羊妈羊爸紧盯着它：
你这么卖力
究竟有什么所图

大家议论纷纷
都说小猫生了毛病

老猫担心小猫
带它去医院检查
医生问清因由
怕小猫收到委屈
就给它写份特别鉴定

一天，猴子家里也遭到鼠患
小猫偷偷去逮老鼠
却被猴子抓住，说它偷窃，交给法庭
猴子势力很大，法庭不敢怠慢

这时，老猫送上医院证明
小猫被当庭释放
猴子打开一看，上写：
助人为乐式精神病

猴子不服
医生到庭作证
医生劝告它：
给善留些种子吧
何苦用你们叵测的心
把善行害成了一种病

水井

老牛挖了个深井
日常取用
快捷、方便

猴子见状，也想沾光
小牛不悦，上前阻拦

老牛说：
地下的水无穷无尽
它拿点、喝点又有何妨

猴子使用长了
嫌牛脏、臭
就去法庭告牛占了它的井产

牛给法庭解释自己才是井的主人
它给猴子使用，纯属行善
猴子说：
自己的东西怎能常给别人使用
有这种好意也是别有用心

法庭觉得猴子说得有理

判猴子获胜

猴子占了水井

经常在井口玩耍

一只小猴不幸坠入井中

溺水而亡

猴子悲痛

再次将牛告上法庭

说牛的水井淹死了它的孩子

要牛抵命

牛辩解说，水井已给了猴子

猴子才是水井的主人

猴子悲愤地说：

谁都以为牛憨厚大方、与世无争

所以才肯把井让我

现实证明水井凶险，是牛有意嫁祸

牛还想争辩

法庭调解：

判牛向猴道歉

并赔偿巨款

老牛不服

法庭正告它：

你挖了水井

水井有错

当然由你承担后果

心灵的树

一位居士在心灵里栽棵树苗
他浇水、施肥，小心呵护
只要他的脸上挂着微笑
树的上空，就会阳光普照
只要他的脸上呈现出感恩的心
树的上空，就会遍洒甘霖

他与树轻轻交谈
他的话，像清爽的风儿
伴着树的童年

树长得很快，支撑起心灵的家园
寒冬降临
居士依然感受到绿意盎然
酷暑难耐
他依然可以在绿荫下享受清凉

居士的生命富足，喜悦
眼睛闪烁着坚定的光芒

后来居士没有抵制诱惑

心灵的云层渐渐加厚

树的上空失去阳光

空气变得阴冷潮湿

它想听听温暖的故事

却遭到风暴的袭击

它顽强地抵御着

却抵不住愈来愈恶劣的天气

树终于失去生机

变成枯木

这时，再看居士

行为张狂，面目狰狞

他的眼睛终日游移不定

有时，他蜷缩起来

胆怯地看着世界的烟雨迷蒙

龟

龟已老迈，一条腿伤残
但依然带一帮学生，磨练意志
有些竞争伙伴讥笑，说它一无所长
误人子弟

一次登山比赛
龟与年轻选手一同攀爬
兔子跑它身边规劝：
爷爷，您不必逞强
您现在的比赛没有任何意义
狗也批评它：
您这么大岁数，还放不下功利
龟笑笑摆摆手：
我还想证明一次

比赛开始，所有选手都超越了它
只有它一个孤独的身影在缓缓爬行

不久，因山过于陡峭，大多选手中途返回
看见龟做无谓的坚持

它们停下脚步：
爷爷别再自讨苦吃
您真的不比当年，不可能爬得上去
它的学生也这样恳求

龟毫不理睬，继续向前
它们打赌：
它一定会中途返回

但过了很长时间
依然没有龟的消息
大家沿路寻找，发现龟已死去
它的身体还保持前行的姿势

大家都很感动
一起抬着龟艰难地爬上山峰
兔子眼含热泪：
我明白了，什么是意志的力量
它甚至可以超越死亡
狗眼含热泪：
意志就是一种魔力
它可以隔空传递

偶像

一人自命非凡，在风中吟唱

人：哈，我是偶像

　　是人们心中的宝

　　走到哪里

　　都有一片欢叫

风：你的美好被无限放大

　　你虽有偶像的样子

　　可是偶像身上

　　没有瑕疵

人：这是什么意思

风：有光就有阴影

　　一旦人们发现你光亮的反面

　　阴影同样会万倍呈现

人：为什么这样可怕

风：你被当作偶像一样存在

你已不是肉体凡胎
是人们精神的依靠

人：可我毕竟是肉身啊

风：所以你的光芒终将破碎

人：难道我在劫难逃

风：大家彼此需要
　　你需要功利
　　人们需要偶像的引导
　　当你无力胜任
　　悲剧必然降临

人：当个偶像这么苦恼

风：当你得到时苦恼会被喜悦淹没

人：可我没有能力去做偶像的担当

风：所以当你听到欢呼的声音
　　那其实也是风暴

蚕（二题）

一

一户农家养蚕
主人采摘桑叶，辛勤喂养

鸡望着这些胖胖的虫子
非常感动：
这一定是主人为我准备的佳肴
我要努力生产
让我的蛋成为品牌

看看一旁无人
它自己也不见外
眼含热泪
大口吞食起来

二

为防止鸡偷食
主人让狗做蚕的看护

它有些费解：
养这些虫子有什么用呢
至少鸡吃了可以下蛋

狗不满地看着这些吃货
它们不紧不慢
吃了睡，睡了吃
几次蜕变
都成了胖子

一天，蚕们停止了吃食
狗奇怪：
你们终于吃饱撑着了
但见蚕不停地吐丝，吐丝
狗似有所悟：
蚕啊，你吐出的是另一种"蛋"吗

蚕点点头：
是啊，你误解了我们吃的因
却明白了我们吐的果

狗突发奇想：
鸡要是不停地下蛋该有多好

杀生

父亲杀鸡

鸡在地上扑腾

孩子问：爸爸，鸡在快乐地跳舞吗

父亲纠正：不，它很痛苦

孩子不解：爸爸，为什么要做它痛苦的事呢

爸爸：因为我们需要，这是一种无奈

父亲从盆里抓住鱼儿

鱼儿活蹦乱跳

孩子问：爸爸，鱼儿很快乐了吗

父亲纠正：不，它很害怕

孩子不解：爸爸，为什么要做它们害怕的事呢

父亲：因为我们需要，这是一种无奈

孩子问：我们可以放弃这种无奈吗

父亲摇摇头：不可以，如果放弃

更多的无奈会像一群蜂

叮咬我们

鼠国（二题）

一

猫鼠争斗
鼠起初奋勇抗争
多次把猫赶到树上

但猫实在强大
鼠被迫躲在洞里
有几只大鼠出去与猫搏斗
惨遭杀害
它们的英勇事迹被传诵
激励着后代

一天有只聪明的鼠告诫孩子：
千万不要逞强
你看，逞强的都没有好下场

小鼠铭记在心
长大后也躲在洞里
当偶尔谈论英雄时，大家都笑：

哪有什么英雄，瞎编乱造
咱们这些鼠辈
能偷偷摸摸活着
已属万幸

二

一天我路过一个洞口
有只老鼠在哭泣
我同情它，问其是否遭到不幸

鼠说，刚刚猫鼠大战
鼠群所有英雄都已战死
它们尚未留下种子
英雄的业绩谁来传承

我安慰它：
还有很多同类啊
鼠大哭：
懦夫的种子
怎能带有血性

善恶的世界

乌云问神仙：
善恶的世界是怎样呢

神仙指着春说：
你看，一样的雨水，无论最初有怎样的寒意
一场春雨一场暖

神仙指着秋说：
你看，一样的雨水，无论最初有怎样的暖意
一场秋雨一场寒

美女与骷髅

一个情种，相思成疾
向大师寻求解脱
大师要他想象美女衰老的情形
又要他想象美女变成骷髅的模样

情种定定地望着意中人的照片
眼含泪花
大师以为他接受了劝导
情种说：
师父啊，我突然想到那女孩衰老的样子
师傅点点头
想到她最后变成一具骷髅
师父使劲点点头
可是您看她现在多么真实啊
愈发让我感到珍惜

精神快乐者

几只猴子生活在树林里
吃饱喝足，特别爱玩
它们上蹿下跳、相互追逐
赢得路人喝彩

一个小贩看到商机
他在猴子玩耍的地方
搭个台子
还买了些道具扔在上面

猴子在台上撒欢表演
行人驻足
小贩在下面趁机收钱
行人越来越多
小贩赚得盆满钵满
但猴子与他互不约束
互不相欠

有位老板见有利可图
就强占场地，开发旅游景区

他盖上豪华宾馆

搭建漂亮舞台

还给猴子规定表演场次和时间

猴子觉得索然无味，纷纷离开

老板气愤，抓住其中一只：

先前没有回报

你们工作精神饱满

现在给你们工钱

却为何逃窜

猴子不服：

大家各乐其乐

我们的快乐与你的金钱无关

老板不信邪，派人毁去林子里的果实

猴子无奈，又回到舞台

它们虽然努力表演

却不再有往昔的精彩

菜刀的结局

羊有把菜刀，切草切菜，工作努力
大家都夸羊有福气

猴子调皮，把菜刀偷去
叫它砸坚果砍木柴，菜刀毫无怨言
猴子欢天喜地

一天猴子与狗打架，猴子吃亏
拿起菜刀砍伤了狗
狗于是告上法庭

猪审理此案，听完原告陈述
判猴子受罚，猴子不服：
狗一身皮毛，我怎能伤它？

猪想想有理，思考半天，恍然大悟
都是菜刀的错
菜刀伤人，有罪！

麻雀的境界

檐下有只麻雀

经常同我谈论理想

它关心同类的命运

甚至有舍小家为大家的气概

我赞叹它有一颗宝贵的灵魂

也疑惑它以卑微之躯

如何修出这等境界

一天，几只鸟儿来此避难

它们家园被毁

无处生存

麻雀眼含热泪

劝我伸出友爱之手

我同情它们的不幸

答应尽力救助

我刚把做好的食物递给它们

麻雀一个俯冲

将流浪鸟儿驱散

自己大啄起来

伪娘

一名男子为情所困
对尘世感到厌倦
他隐居深山
疗伤多年

情伤愈合
有人就劝他重返尘世

路上，他被伪娘搭讪
不禁大惊
女人的形象已与记忆中相距甚远

他喃喃自语，女人如何变成了这副模样
此生再无可恋
于是毅然返回深山

流浪狗

我收养一只流浪狗
发觉它很叛逆
就想教它一些规矩

但它不屑我的说教：
算了吧，我换了数个主人
都爱给我说教
一个教我看家护院
但他去别人家偷鸡摸狗

一个教我忠诚于他
但他却陷害朋友

一个制假贩假
却到处宣扬诚实无欺

一个不肖子孙
却声称自己有情有义

他们一个个满口谎言

却要求我赤胆忠心

我担心它看破红尘
告诉它人类并非都是如此

它悲伤地摇摇头：
我曾经崇拜主人
但每一个偶像倒下
都让我对人性多怀疑一分

它起身告辞：
为了保护仅存的信念
我宁可与垃圾为伍
虽然垃圾很脏
但它不会说谎

活出自己

一粒豆子有个性有想法
它有个愿望
要活出自己

它从不服管
也懒得关心别人
看见同类碌碌无为
很不屑

其他豆子为了健康
经常出去晒晒太阳
它却闷在袋子里沉思
或者去阴暗潮湿的地方走走
就是要和别人不一样

一天，它发觉体内膨胀
仔细一瞧，头上已经发芽
它开始有些紧张
但仔细一想
哈，我多么与众不同啊

当主人来看望种子时
把它拣出来
它以为要得到重用
不禁兴奋地欢叫：
我终于活出了自己

主人冷冷地说：
什么活出自己
你连自己是谁都不清楚
于是，随手把它扔了

聪明

猪与驴结伴找到神仙
希望变得聪明
改变人对它们的形象
比如：笨猪
比如：蠢驴

神仙同情地拍拍它们的脑袋：
其实你们并不愚笨
忠于角色
安分守己
所以才能延续至今

神仙对猪说：
如果你变得聪明
必然不会被整日栓在圈里
你会思考明天
不甘心待宰的命运
你会寝食难安
心生恐惧
最后主人无法饲养
将你抛弃

神仙对驴说：

如果你变得聪明

必然不甘心当生活的配角

在路上你比不过马

在田地又没有牛的力气

所以你有再多的聪明用在哪里

猪与驴都很失望

神仙安慰它们：

心态是最大的智慧

猪放弃烦恼，无忧无虑，吃饱喝足，倒头

睡去

驴蒙上双眼，不看眼前，推磨拉车，自得

其乐

猪与驴点点头：

是啊，看起来我们的生活还算有趣

神仙鼓励说：

聪明够用就好

不必越过自己的命运

它有时得来是福

但也是索命的刀具

庆祝成长

一家主人

鼓励儿子好好成长

鼓励小狗好好成长

鼓励小马好好成长

鼓励小猪好好成长

儿子不负期望，很快识文断字，成绩优良

小狗不负期望，很快看家护院，敬业爱岗

小马不负期望，很快忙前忙后，挑起大梁

小猪不负期望，吃饱三餐，膘肥体壮

一天主人摆上筵席，庆祝成长，大家欢天

喜地

一位屠夫应邀

将猪牵到一旁

上坡下坡（三题）

一

狗拉车上坡
猴在后面推
猴嫌车重，不够卖力
被主人抽了鞭子

下坡时
猴不敢松懈，依然拼命
车飞似的向下滚去
主人大声呵斥
猴不明就里
以为主人兴奋，给它鼓励

车险些翻掉，货掉了一地
停稳后，猴凑上前
想向主人邀功请赏
主人怒不可遏
又抽它一顿鞭子

二

主人与猴达成协议：
主人拉车上坡
猴推车，工钱五毛
主人下坡，猴上车玩耍
收费五毛

猴觉得合算，欣然答应
这样，主人给钱五毛
猴努力推车
下坡时
猴兴奋地跳上车
主人又把五毛要回

三

猴骑车上坡
较为艰难
牛教它弯着走

猴顺利骑到坡上
以为掌握要领

下坡时依然弯着走

一头摔到坡下

镜子

一人独处
每天描眉、涂唇、扑粉
镜子奇怪地问：
你足不出户，孤单一人
打扮这么美，给谁看呢

主人逗它：
给你看呀
你是我知心的伴儿
和你在一起
内心很甜蜜

镜子深受感动
每天都让主人看起来精神
一点点瑕疵都提出意见
不容放过

他们彼此相爱
主人愈发光彩照人
充满自信

朋友都羡慕、惊奇

主人对朋友说：

独处时

要学会爱你的镜子

它是你最好的伴侣

活在当下

酒鬼沉迷于当下生活

喝好每场酒

打好每次牌

走好眼前每一步

他不关心未来

可是想起每一个昨天

又如烟似梦

心生虚幻

他找到神仙

求问活在当下是否有错

神仙指一指远方：

你只盯着脚下

能走出多远

神仙指一指太阳：

你只在阳光下生存

如何看得见真实的星光

酒鬼似有所悟：
当下是一种罪过

神仙纠正他：
你没有活在当下
当下是怀揣梦想
让昨天无怨无悔
让明天充满希望

火（二题）

一

野外，一片火被雨水追杀
眼看就被浇灭，一个火苗逃了出来
它气息微弱，快要死去

一片树叶，见它可怜，把它领进山洞
火苗冻得瑟瑟发抖，树叶想抱抱它
给它温暖，却被火苗点燃

树叶大声哭叫，我救了你
为什么还要吃我
火苗也哭叫，我真的不坏
可这是我的本性啊

二

乌云见地上火情很多
想一劳永逸解决火患
它调兵遣将，进行围剿

乌云来势汹汹，大雨倾盆
不久，所有的火都被浇灭

乌云哈哈大笑，兴高采烈
突然咔嚓一声，一道闪电击中枯木
枯木瞬间燃起熊熊大火

大嗓门患者

一人喜欢安静
容不得一点声音

鸟在唱歌，他大喊一声：别吵
鸟儿吓得扑棱飞了
鸡在打鸣，他大喊一声：闭嘴
鸡儿吓得跳起老高
狗在嬉闹，他大喊一声：滚开
狗儿吓得钻进床底

这样，每天都能听见他对声音的不满

一天刚骂完狗
邻居愤怒敲门
他不知何事
邻居说：
你每天大喊大叫让我无法吃消
求你行个好
让我过下安静的生活

君子与酒鬼

酒鬼去君子家做工，君子请他吃饭
酒鬼先干为敬，君子以水代酒
酒鬼摇摇脑袋：
水有什么喝头，寡淡无味啊
君子问：
酒的味道如何
酒鬼兴奋：
它是人间最美的甘醇

酒鬼很快喝醉，呕吐不止
他哭着问，为何自己空虚难受

君子扶他躺下：
你吃下太多的快乐
现在变成苦恼吐出来

君子端来酒和水要他选择
他接过水一饮而尽
君子说，你糊涂时善恶分明
清醒时却被蒙蔽了

理想的母鸡

你这只理想的母鸡

你只需下蛋就行了

怎么可以发情把蛋孵成小鸡

这天寒地冻

你以为有厚厚的羽毛

以为体温会超越寒冷

以为气温会被你的母性

由零下向零上逆转

你就可以依着你的愿望

把小鸡带到世上

可是，你这只理想的母鸡

你让小鸡去数天上的雪花吗

让小鸡在厚厚的雪被里做梦吗

你应该让它回到蛋壳里

让它做一个萌芽蓄势待发

让它做一个希望的花蕾朝着明天微笑

可是蛋壳已被啄破

小鸡无力回到壳里

你只能看着小鸡死去

只能把它埋在雪被里

只能静静地等待着

等待春天到来

等待春暖花开

等待小草丛生

等待有棵草向你招手

哦，那是你的小鸡

它会告诉你

它正做着一个梦

乘着一瓣雪花飞来

它变作了一颗别样的草

你仔细听

它真的会鸣叫

快猴与慢猴

有两只猴子

一个动作快，一个动作慢

一天快猴撺掇慢猴去偷主人的桃子

快猴迅速摘个桃子吃下肚去

它怕主人追究责任

就到主人那儿告密

主人过去查看，见慢猴手里有个桃子

便用鞭子教训了慢猴

并把那个桃子赏给了快猴

过几日，快猴嘴馋

去桃树上吃个饱

下树时摘了一个送给慢猴

快猴很快领主人去看桃树

说慢猴偷吃了许多桃子

快猴又带主人找到慢猴

看见它正在藏匿桃子

这时，主人却拎起鞭子抽向了快猴

它委屈地大叫冤枉

主人呵斥它：

你看慢猴的肚子瘪瘪

你圆鼓鼓的肚子还不说明一切

猫与狗的友谊

猫与狗交好

它珍惜友谊，有好吃的不忘与狗分享

一天猫抓来几只老鼠

邀狗一同美食

狗不情愿

猫以为它推脱

就反复劝说

狗很感动

艰难吃完老鼠

狗说，走，我带你去找新鲜的小吃

猫快乐地答应

于是，狗将它带到一个厕所

猴王与木桩

猴子聪明，做了大王

它的王位是根木桩

众生常去朝拜

有的垫脚

有的伸脖

有的攀爬

它们希望猴王拍拍自己的脑袋

被猴王拍过的脑袋会有好运

猴子开始耐住性子，拍出一手老茧

后来烦不胜烦，便找根棒槌

心情好时手拍，心烦时就用棒槌

这样，它的子民头上大都起了包包

一天猴子突发奇想，把木桩交给二王

它要做个平民，体验自己的魅力

为了表达友好

它遇见猪，拍拍脑袋

猪哼哼两声躺下

露出肚子要它挠痒

它拍拍羊的脑袋

羊后退几步，竖起羊角

想跟它较量

它拍拍狗的脑袋

狗仿佛受到羞辱露出牙齿

猴子失落

它看见长颈鹿高昂的头颅

想起它的友善

于是，欢快地跳上鹿背

抱住脖颈向上爬

长颈鹿非常气愤，一甩脖颈

猴子摔成重伤

猴子反省多日，养好伤

想重新回到木桩

远远看见二王怀揣两根木棍

孤独高傲地坐在桩上

木桩周围空空荡荡

善人与狼

一只狼因饥饿哀嚎
善人听见，上前帮忙

狼说，让你的肉体帮我吧
善人不愿，给你肉体，我将失去生命
狼恳求，我不要你的生命，只要肉体

僵持不下，善人要离开
狼将他拦住，不，你不能见死不救

这时，一名农夫路过
听了他们叙述
农夫看着善人，你把肉体给它吧
不，那样我将失去生命
农夫指着饿狼，你舍弃他的肉体吧
不，那样我饥饿难忍

农夫说，我有一个办法
让狼不再饥饿
让善人保全生命

他俩拍手称快

于是，农夫拿根麻绳给狼套上脖子

吊在树上

狼醒悟过来，大喊救命

善人想去救它

农夫说：

如果它是一棵毒草

你还想做它的土壤吗

路人与花

一个路人
见树上一朵花儿正在凋谢
不禁感慨：
花啊，你曾那么美好
而现在的样子让我伤悲
美丽是多么虚无啊

花儿一笑：
你怎么无视我怀里的果实呢
在我最美丽的时刻收获了爱情
爱情的种子已在我心里发芽
我已孕育了新的生命
难道我的美是徒有其表
供你感伤吗

谋略

马向蛇仙学习谋略
蛇仙指点一二

适逢动物界长跑比赛
拔得头筹可做头领
马巧作安排
抄小路近路
一举获胜
而遵循规则的不幸落败
它们心有不甘，却也无奈

马获得成功，带着礼品
去感谢蛇仙，蛇仙又指点一二

于是，马再办一次长跑比赛
制定严格的赛制
获胜者有丰厚的奖赏
它这次中规中矩参与其中
虽未能获奖
但成了守法的榜样

赛后，违反规则的都受到严惩

马的威信从此树立

大家都夸它有好德性

那条鱼儿

那条鱼儿
在盆里游动
它快乐的样子
几次想从盆里跃出

那条鱼儿
被放在石板上
刮去鳞片时
跳动着尾巴
它像是被人搓澡
欢爽无比

那条鱼儿
放在油锅里慢煎
它不时抬下尾巴
像是有些困了
而它的睡姿依然可人

终于，它睡熟了
它的梦里
飘出香味

猴子与奇树

一只猴子经常挨饿
见人们在祠堂烧香磕头
忽发灵感

它找到一棵树
学人的样子对树打躬作揖
有人见了奇怪
以为这树非比寻常
也过来祭拜

不久，关于树的神奇迅速传开

猴子又忍住嘴馋
把几个果子摆在树下
人们受到启发
也纷纷把贡品奉上

从此，猴子不再忍饥挨饿
逍遥自在

后　记

诗集《百喻草》出版后，受到读者朋友的欢迎，他们表示这种诗体寓言所见不多，别有趣味。有朗诵爱好者拿去朗诵，收到良好效果。这使我受到鼓励，于是《去远方》结集出版。

本卷整理过程中，有朋友建议，最好不要把寓意附上，以便让读者有更大的想象空间。这个建议是中肯的，也是合理的。我的本意也不愿为每首寓言都写个寓意，这样容易把作品内涵框死。由于许多诗篇的寓意是多义的，每个人的理解、认识各有不同，作者没有必要去引导读者往自己的那片天地想。至于少儿读者阅读起来是否会有障碍，我想还是不要低估他们的想象力与理解力，自古以来，许多诗文、小说等未必是专门为少儿所作，但并不影响他们接受熏陶和汲取营养。

本卷寓言主要收录了最新的创作，以及受《百喻草》篇幅所限未能入选的稿件，加之为了丰富表现形式，还把一些旧作选入，它们的风格及主旨是一以贯之的，所以并没有违和感。

我们的世界，发展变化异乎往昔，人们在现实生活中每时每刻都能获取新的感知，用什么方式把它表达出来，每人都有自己的道道，就我而言，写作诗体寓言是非常好的方式之一。所以今后还会把这种写作进行下去。

本卷完稿后，承蒙青年书法家李国全先生题写书名，青年画家邢智军先生为部分作品配了精美插图，对于他们的辛苦付出，在此谨致诚挚的谢意。

宫蔚国

2021 年 11 月 8 日